KB080642

시티
픽션
———
더블린

옮긴이 **성은애**

서울대학교 영문과를 졸업하고 같은 대학원에서 디킨스의 소설과 문체에 관한 논문으로 박사학위를 받았다. 현재 단국대학교 영미인문학과에서 영미소설, 리얼리즘과 모더니즘 미학, 그리스신화 등을 강의하고 있다. 지은 책으로 『지구화 시대의 영문학』 『영국소설과 서술기법』 『에드워드 사이드 다시 읽기』(이상 공저), 옮긴 책으로 『더블린 사람들』 『젊은 예술가의 초상』 『두 도시 이야기』 『세상의 이치』 등이 있다.

시티 픽션: 더블린

초판 1쇄 발행/2023년 10월 16일

지은이/제임스 조이스
옮긴이/성은애
펴낸이/염종선
책임편집/한예진 양재화
조판/신혜원
펴낸곳/(주)창비
등록/1986년 8월 5일 제85호
주소/10881 경기도 파주시 회동길 184
전화/031-955-3333
팩시밀리/영업 031-955-3399 편집 031-955-3400
홈페이지/www.changbi.com
전자우편/lit@changbi.com

한국어판 ⓒ (주)창비 2023
ISBN 978-89-364-3937-8 04840
ISBN 978-89-364-3932-3 04800 (세트)

시티
픽션

더블린

제임스 조이스

성은애 옮김

창비

제임스 조이스

일러두기

1. 여기 실린 단편들은 창비세계문학 68 『더블린 사람들』(2019)에서
   가져왔다. 외국어의 표기는 국립국어원 용례를 따랐다.
2. 본문 중의 각주는 옮긴이의 것이다.
3. 본문 중의 고딕체는 원서에서 이탤릭체로 강조한 부분이다.

제임스 조이스 **James Joyce**

이블린 Eveline

그녀는 창가에 앉아 저녁이 거리로 밀려드는 것을 바라보고 있었다. 머리를 창문 커튼에 기대고 있어서, 콧구멍으로는 먼지투성이 크레톤 천 냄새가 들어왔다. 그녀는 피곤했다.

지나가는 사람은 거의 없었다. 제일 끝 집에 사는 남자가 집으로 가느라 지나쳐갔다. 콘크리트 포장도로를 따라 뚜벅뚜벅, 그다음에는 새로 지은 붉은 벽돌집들 앞 석탄재 깔린 보도에서 푸석푸석하는 그의 발걸음 소리가 들려왔다. 한때는 그곳에 공터가 있어서 그들은 다른 집 아이들과 매일 저녁 놀곤 했었다. 그러다가 벨파스트 출신의 어떤 남자가 그 공터를 사들여 거기에 집을 지었다. 그들이 사는 것 같은 작은 갈색 집이 아니고, 지붕이 반짝

반짝하는 밝은색 벽돌집들을. 그 길에 사는 아이들
은 공터에서 함께 놀곤 했다. 드바인네, 워터네, 던
네 아이들, 절름발이 꼬마 키오우, 그녀와 그녀의
형제자매들. 그러나 어니스트는 한번도 어울려 놀
지 않았다. 그는 너무 커버렸기 때문에. 그녀의 아
버지가 가시나무 작대기를 들고 공터로 그들을 찾
으러 오곤 했지만, 대개 꼬마 키오우가 짱을 보다
가 그녀의 아버지가 오는 게 보이면 소리를 질러줬
다. 그래도 그 시절엔 뭔가 행복했던 것 같았다. 그
녀의 아버지도 그땐 이 지경이 아니었다. 더욱이
어머니가 살아 계시지 않았던가. 오래전 일이었다.
그녀와 동기들은 모두 장성했고 어머니는 돌아가
셨다. 티지 던도 죽었고 워터네는 잉글랜드로 돌아
가버렸다. 모든 것이 변했다. 이제 그녀도 다른 사
람들처럼, 집을 떠나가려 하고 있었다. 집이라! 그
녀는 방을 둘러보며, 그토록 오랜 세월 동안 이 먼
지들이 도대체 어디서 다 오는 걸까 의아해하며 일
주일에 한번씩 먼지를 떨어내던 그 익숙한 물건들
을 살펴보았다. 헤어지리라고는 꿈도 꾸지 않았던

그 익숙한 물건들을 아마도 그녀는 다시는 보지 못할 것이다. 그렇지만 그 오랜 세월 동안에도 그녀는 마르그리트 마리 알라코크[1]에게 바치는 서약이 인쇄된 컬러 화보 옆, 망가진 풍금 위쪽 벽에 걸린 노랗게 바랜 사진 속 주인공인 사제의 이름을 도대체 알아내질 못했다. 그는 아버지의 학교 친구였다. 그 사진을 손님들에게 보여줄 때마다 아버지는 심드렁하게 이렇게 말하며 사진을 지나치곤 했다.

"그 친구 지금은 멜버른에 있어요."

그녀는 가버리기로, 집을 떠나기로 이미 합의한 상태였다. 현명한 짓인가? 그녀는 문제의 양쪽 면을 다 재보려고 했다. 집에는 어쨌거나 잘 데와 먹을 것이 있다. 평생 알고 지내온 사람들도 주변에 있다. 물론 그녀는 집에서나 직장에서나 힘들게 일해야 했다. 자신이 웬 놈하고 도망갔다는 걸 가게에서 알면 사람들이 뭐라고 할까? 바보라 그러겠지, 아마. 그리고 그녀의 자리는 구인광고를 통

---

[1] Marguerite-Marie Alacoque(1647~90). 프랑스의 성녀.

해 채워질 것이다. 개번은 좋아할 거다. 개번은 늘
그녀를 갈궜으니까, 듣는 사람들이 있을 때는 더
더욱.

"힐 양, 이 숙녀분들 기다리고 계신 거 안 보여
요?"

"얼굴 좀 펴요, 힐 양, 제발."

그녀는 가게를 떠나는 거라면 별로 서운할 것
도 없었다.

그러나 미지의 먼 나라에 있는 그녀의 새로운
보금자리에서는 그런 일은 없을 것이다. 그땐 그녀
가 결혼했을 테니까―그녀가, 이블린이. 사람들이
그때는 그녀를 존중해줄 것이다. 심지어 열아홉살
이 넘은 지금도 그녀는 아버지에게 얻어맞을 것 같
은 위험을 종종 느끼고 있었다. 가슴이 벌렁거리는
증상이 생긴 것도 바로 그 때문이라는 것을 그녀도
알고 있었다. 자식들이 어릴 때에도 아버지는 해
리나 어니스트에게와는 달리 그녀가 딸이기 때문
에 그녀에게 손찌검을 한 적은 없었다. 그러나 최
근 들어 아버지는 그녀를 위협하고, 죽은 네 엄마

만 아니면 너를 어쩌겠다는 둥 지껄이기 시작했다. 그리고 이제 그녀를 보호해줄 사람은 아무도 없었다. 어니스트는 죽었고 교회 장식업에 종사하는 해리는 거의 언제나 지방에 가 있었다. 게다가 토요일마다 어김없이 닥치는 돈 실랑이가 그녀를 말도 못할 정도로 지긋지긋하게 만들기 시작했던 터였다. 그녀는 늘 자신의 봉급 전부—7실링—를 내놓았고 해리도 보낼 수 있는 만큼 항상 보내왔지만, 문제는 아버지에게서 돈을 받아내는 일이었다. 그는 그녀가 돈을 막 써버린다, 도대체 생각이 없다, 힘들게 번 돈을 그렇게 길바닥에 마구 뿌리라고 내줄 수는 없다, 그리고 그보다 더한 얘기도 마구 지껄였다. 토요일 밤에는 대개 아버지 상태가 아주 나빴으니까. 그는 막판에 가서야 돈을 내주면서 일요일 저녁거리는 안 사올 작정이냐고 다그치곤 했다. 그러면 그녀는 최대한 빨리 뛰어나가 검은 가죽 지갑을 손에 꼭 쥐고 북적대는 사람들을 팔꿈치로 헤집으며 장을 봐서 먹을 것을 가득 들고 다 늦게 귀가하곤 했다. 그녀는 집안 살림을 하고 자기에게 맡겨진 두 아이가 제 시간에 학교에 가고 제 시간에 밥을 먹게끔 돌보느라 힘들게 일해야 했다. 힘든 일이고 힘든 삶이었다. 그러나 이제 떠나려 하고 보니 그것이 완전히 불행한 삶은 아니었다고 느껴지는 것이었다.

그녀는 프랭크와 다른 삶을 찾아볼 참이었다. 프랭크는 매우 친절하고 남자답고 속이 트인 사람이었다. 그녀는 그와 함께 밤배로 떠나 그의 집이 기다리고 있는 부에노스아이레스로 가서 그의 아내가 되어 함께 살 것이다. 그를 처음 봤던 그 순간이 얼마나 기억에 생생한지. 그는 그녀가 종종 가곤 했던 큰길가의 어느 집에 묵고 있었다. 그는 챙 달린 모자를 뒤로 젖혀 쓰고 머리카락이 구릿빛 얼굴 위로 헝클어져내린 모습으로 문 앞에 서 있었다. 그때 그들은 서로 알게 되었다. 그는 매일 저녁 가게 밖에서 기다리고 있다가 그녀를 집에까지 바래다주었다. 그는 그녀에게 「보헤미아 소녀」[2]를 구

2 더블린 출신의 음악가 마이클 발프의 오페라.

경시켜주었고 그녀는 생전 앉아보지 못했던 극장의 좌석에 그와 함께 앉아서 우쭐한 기분이 들었다. 그는 음악을 무척 좋아했고 노래도 좀 부를 줄 알았다. 그들이 연애 중이라는 얘기가 사람들 사이에 돌았다. 그가 선원을 사랑하는 여자애에 관한 노래를 부를 때마다 그녀는 늘 당황스러우면서도 기분이 좋았다. 그는 종종 장난으로 그녀를 꼬맹이라고 불렀다. 무엇보다도 남자와 사귄다는 게 그녀로서는 흥분되는 일이었고, 그러다 그녀는 그를 좋아하기 시작했다. 그는 먼 나라의 이야기들을 알고 있었다. 그는 캐나다행 앨런 라인의 한 선박에서 월 1파운드를 받는 갑판 청소부로 시작했다. 그는 그녀에게 자기가 탔던 배의 이름과 여러 직책의 명칭을 알려주었다. 그는 마젤란해협을 항해했던 적도 있었고 무시무시한 파타고니아 사람들 이야기도 들려주었다. 그는 부에노스아이레스에서 용케 자리를 잡았고, 이젠 그냥 휴가 삼아 본국에 다니러 온 거라고 했다. 물론 그녀의 아버지는 두 사람 사이를 알아차리고 그와 얘기도 하지 말라고 그녀에게 명령했다.

"뱃놈들이란 게 뻔해." 그가 말했다.

어느날 그는 프랭크와 다투었고, 그 이후 그녀는 애인을 몰래 만나야 했다.

거리에 저녁이 깊어졌다. 그녀의 무릎에 놓인 하얀 편지 두통이 뿌옇게 흐려졌다. 한통은 해리에게, 다른 한통은 아버지에게 쓴 편지였다. 그녀가 좋아한 것은 어니스트였지만, 해리도 좋았다. 아버지가 최근에 확 늙어버린 것을 그녀는 알아차렸다. 그녀가 없으면 아쉬울 것이다. 어떤 때에는 아버지가 꽤 다정하기도 했다. 근래에도, 그녀가 앓아누웠을 때 그는 유령 이야기도 읽어주고 난로에다 토스트를 구워주기도 했다. 또 어머니가 아직 살아 계시던 어느날에는 식구들이 모두 호스 언덕으로 소풍을 나가기도 했다. 그녀는 아버지가 아이들을 웃기려고 어머니의 모자를 썼던 일이 기억났다.

시간이 다 되어가고 있었지만, 그녀는 계속 창가에 앉아 머리를 창문 커튼에 기대고 먼지 쌓인 크레톤 천 냄새를 들이마시고 있었다. 길 저 아래

쪽에서 손풍금 소리가 들렸다. 귀에 익은 노랫가락이었다. 그 노래가 하필이면 바로 그날밤에 들려와 그녀가 어머니에게 했던 약속, 할 수 있는 한 끝까지 집안을 지키겠다는 약속을 상기시키다니, 기묘한 일이었다. 어머니가 돌아가시던 날 밤이 생각났다. 그녀는 현관 맞은편 갑갑하고 어두운 방에 다시 가 있었고, 바깥에서는 우울한 이탈리아 가곡이 들려왔다. 손풍금 악사는 6펜스를 받고 쫓겨났다. 그녀는 아버지가 이렇게 거들먹거리며 병실로 돌아왔던 것이 생각났다.

"망할 이탈리아 놈들! 여기까지 와서 난리야!"

그녀가 생각에 잠긴 동안 어머니가 살아온 한 평생의 그 딱한 모습이 그녀의 존재의 핵심에 마법을 걸었다—마지막엔 광기로 끝나버린 진부한 희생의 삶이. 바보 같을 정도로 고집스럽게 말하던 어머니의 목소리가 들려와 그녀는 몸을 부르르 떨었다.

"데레본 세론! 데레본 세론!"[3]

그녀는 갑작스런 공포에 이끌려 벌떡 일어났

다. 도망치자! 도망쳐야 해! 프랭크가 그녀를 구원
해줄 것이다. 그가 그녀에게 삶을 줄 것이다. 아마
사랑도. 하지만 그녀는 살고 싶었다. 왜 그녀가 불
행해야 하나? 그녀는 행복할 권리가 있다. 프랭크
가 그녀를 두 팔로 껴안고 꼬옥 감싸줄 것이다. 그
가 그녀를 구원해줄 것이다.

그녀는 노스월 선착장에 몰려드는 사람들 사이
에 서 있었다. 그가 그녀의 손을 잡고 있었고, 그녀
는 그가 항해에 대한 무슨 얘기를 거듭거듭 하고
있다는 것을 알고 있었다. 선착장은 갈색의 행낭을
든 군인들로 만원이었다. 세관 창고의 넓은 문을
통해 현창에 불이 켜진 채 선창 벽 옆에 정박해 있
는 검은 덩어리 같은 선박이 언뜻 그녀의 눈에 들
어왔다. 그녀는 아무 대답도 하지 않았다. 뺨이 차
고 창백하게 느껴졌고, 번민의 미로 가운데서, 그
녀는 자기를 인도해달라고, 어느 쪽이 자신의 도리

---

3 정확한 의미는 알 수 없는 게일어. '기쁨의 끝은 고통이다'라는
   문장이 거의 알아들을 수 없게 변형된 것이라고 추측된다.

인지 보여달라고 하느님께 기도했다. 안개 속으로 배가 길고 애처롭게 고동을 울렸다. 지금 떠난다면, 내일 그녀는 빠른 속도로 부에노스아이레스를 향해 가는 배 위에 프랭크와 함께 있을 것이다. 배표는 이미 끊어놓았다. 그가 그녀를 위해 그 모든 것을 해주었는데 이제 와서 되돌아가겠달 수 있을까? 그녀의 번민이 몸에 구토를 일으켰고 그녀는 계속 소리 내지 않고 입술을 움직이며 열렬한 기도를 올렸다.

종소리가 그녀의 가슴에 뗑그렁 울렸다. 그가 그녀의 손을 꼭 쥐는 것이 느껴졌다.

"가자!"

세상의 모든 바다가 그녀의 심장 주변에서 일렁였다. 그가 그녀를 그 바다로 끌고 들어가고 있었다. 그는 그녀를 물에 빠뜨려 죽일 것이다. 그녀는 양손으로 무쇠 난간을 꽉 잡았다.

"가자고!"

안돼! 안돼! 안돼! 그럴 수 없었다. 그녀의 손이 미친 듯 쇠 난간을 부여잡았다. 바다 한가운데를 향해 그녀는 고통에 찬 비명을 질렀다.

"이블린! 이비!"

그는 서둘러 개찰구를 지나서 그녀에게 따라오라고 외쳤다. 길을 막지 말라고 사람들이 그에게 소리쳤지만 그는 여전히 그녀를 불렀다. 그녀는 묶인 짐승처럼 맥없이, 창백한 얼굴을 그에게로 돌렸다. 그를 향한 그녀의 눈빛엔 사랑이나 이별 혹은 그를 알아보는 아무런 기미도 없었다.

제임스 조이스 James Joyce

경주가 끝난 후 After the Race

자동차들이 작은 탄환처럼 일정하게 네이스로
路의 파인 길을 달려 더블린을 향해 질주해 들어왔
다. 인치코어의 언덕 꼭대기에는 결승점으로 향하
는 자동차들을 보기 위해 구경꾼들이 여기저기 모
여 있었고, 이 가난과 무기력의 경로를 따라 유럽
대륙의 부와 산업이 속도를 높였다. 이따금씩 구
경꾼 무리들은 억압받으면서도 감지덕지하는 자
들 특유의 환호성을 질렀다. 그들은, 그러나, 파란
색 차들 편이었다──그들의 친구, 프랑스인들의
자동차.

　게다가 프랑스 팀은 경주에서도 실질적인 승자
였다. 그들 팀은 성적이 괜찮았다. 그들은 2등과 3등
을 차지했고 우승한 독일 차의 선수는 벨기에인이

라고 했다. 그래서 파란색 차들은 언덕 꼭대기에 나타날 때마다 매번 두배의 환영을 받았고, 차에 탄 사람들은 박수갈채를 받을 때마다 매번 미소를 지으며 고개를 끄덕여 답례했다. 이 매끈하게 빠진 차들 중 한대에는 성공적인 프랑스인 기질의 수준을 족히 뛰어넘을 정도로 현재 기분이 최고인 듯 보이는 네명의 젊은이가 타고 있었다. 정말로 이 네명의 청년은 거의 들뜬 상태였다. 그들은 차 주인인 샤를 세구앵, 캐나다 출신의 전기기술자 청년 앙드레 리비에르, 몸집이 비대한 헝가리 청년 빌로나와 말끔하게 단장한 도일이라는 청년이었다. 세구앵이 기분이 좋았던 것은 뜻하지 않게 선주문을 받았기 때문이고(그는 파리에다 자동차 영업소를 차릴 예정이었다) 리비에르가 기분이 좋았던 것은 자신이 바로 그 회사의 관리인으로 임명될 것이기 때문이었다. 사촌간인 두 청년은 또한 프랑스 자동차가 성적이 좋아서 기분이 좋았다. 빌로나가 기분이 좋았던 것은 점심을 아주 만족스럽게 먹어서였고, 게다가 그는 천성이 낙천적이었다. 그 무리의

네번째 청년은, 그러나, 너무 흥분해서 행복이고 뭐고 없는 상태였다.

그는 스물여섯살쯤 되었고 옅은 갈색의 부드러운 콧수염에 좀 순진해 보이는 회색 눈을 하고 있었다. 그의 아버지는 젊은 시절에 진보적인 민족주의자였지만 일찌감치 입장을 바꾸었다. 그는 킹스타운에서 푸줏간을 하여 돈을 좀 만졌고, 더블린 시내와 근교에 가게를 내서 돈을 몇배로 불렸다. 또한 운 좋게도 경찰 납품 계약 몇건을 따냈고 급기야는 더블린 신문에서 거상巨商이라고 언급될 만큼 부자가 된 터였다. 그는 자기 아들을 잉글랜드로 유학 보내 큰 가톨릭 학교에서 교육받게 했고 그다음에는 더블린 대학에서 법학을 공부하도록 했다. 지미는 공부를 그리 열심히 하는 편은 아니었고 또 한동안은 나쁜 길로 빠졌었다. 그는 돈이 있었고, 그래서 인기도 좋았다. 음악 동아리와 자동차 동아리 양쪽에 묘하게 시간을 안배했다. 그러다 한학기 동안 케임브리지에 가서 세상 구경을 약간 하게 되었다. 그의 아버지는 그의 낭비벽을 꾸

짖으면서도, 내심으로는 자랑스러워하면서 외상값을 치러주고 그를 집으로 데려왔다. 그가 세구엥을 만난 것은 케임브리지에서였다. 아직 그들은 그냥 알고 지내는 정도에 지나지 않았으나 지미는 세상 물정을 그렇게 잘 알고 또 프랑스에서 가장 큰 호텔을 몇개나 소유하고 있다고 알려진 사람과 한데 어울리는 것이 무척 즐거웠다. 이런 인물은 (아버지도 동의했듯이) 원래 지금처럼 매력적인 친구가 아니었다고 할지라도, 알고 지낼 가치가 있고도 남았다. 빌로나도 재미있는 친구고 — 훌륭한 피아니스트였지만, 불행하게도, 아주 가난했다.

자동차는 들뜬 청년들을 싣고 유쾌하게 달렸다. 사촌 둘이 앞자리에 앉고 지미와 헝가리 친구는 뒤에 앉았다. 단연코 빌로나 기분이 그만이었다. 그는 몇킬로미터를 달려오는 동안 내내 중후한 베이스로 콧노래를 불렀다. 프랑스인들이 웃음과 가벼운 농담들을 어깨 뒤로 내던졌고 지미는 종종 그 재빠른 문구들을 알아들으려고 몸을 잔뜩 앞으로 기울여야 했다. 이게 딱히 즐거운 일은 아닌 것이, 그는 매번 그 말의 의미를 눈치 빠르게 추측해서 거센 바람이 부는 앞쪽을 향해 적당한 답변을 외쳐주어야 했다. 게다가 빌로나의 콧노래 소리가 모두를 정신 산란하게 만들었고, 자동차의 소음도 마찬가지였다.

빠르게 공간을 통과하는 움직임은 기분을 우쭐하게 해준다. 악명이 그렇고 돈을 갖는 것도 그렇다. 이것이 지미를 흥분시키는 분명한 이유였다. 그는 그날 이 대륙인들과 함께 있는 것을 그의 많은 친구들에게 보여준 것이었다. 서행 구역에서 세구앵은 그를 프랑스 선수 중 한명에게 소개했고, 엉겁결에 어물거린 그의 인사말에 대한 대답으로 햇볕에 그을린 그 선수의 얼굴에 하얗게 빛나는 치열이 드러났다. 그런 영광스러운 일을 경험한 후에 자기들끼리 옆구리를 찌르며 의미심장한 표정을 짓는 관중들의 속세로 귀환하는 것은 즐거운 일이었다. 그리고 돈에 대해 말하자면, 그는 정말 많은 액수를 수중에 가지고 있었다. 세구앵은 아마도 그걸 대단한 액수로 생각하진 않을 테지만, 지미는 일시적인 과오에도 불구하고 근본은 견실한 천성을 이어받은 바였으므로, 그 돈이 얼마나 힘들게 모아진 것인가를 잘 알고 있었다. 이러한 생각 덕분으로 전에는 그의 지출이 적당히 무모한 정도의 한계를 넘어선 적이 없었으며, 단지 좀더 높은 지성의 변덕 같은 것이 문제였을 때에도 그는 돈에 내재한 노동을 매우 의식했었는데, 하물며 자신의 재산 대부분을 걸려고 하는 지금에야 더 말할 나위가 있겠는가! 그에게 그것은 심각한 일이었다.

물론 전망 좋은 투자였고, 세구앵은 아일랜드의 푼돈 따위를 문제의 그 자본에 포함해주는 것이 다 친구로서 베푸는 호의 덕분이라는 인상을 자아낸 터였다. 지미는 사업에 관한 한 아버지의 기민한 판단력에 대해 존경심을 가지고 있었고, 이번 경우에 애초에 투자를 제안한 것은 그의 아버지였다. 자동차 사업에서 돈을 버는 거야, 그것도 떼돈을. 더욱이 세구앵은 외모부터가 틀림없는 부자였다. 지미는 자신이 타고 있는 그 위풍당당한 자동차를 사려면 며칠이나 일을 해야 하나 계산해보기 시작했다. 얼마나 부드럽게 나가는지. 그들은 얼마나 멋들어지게 시골길을 질주했던가! 그 여정이 진정한 삶의 맥박에 마법의 손가락을 갖다댔고, 인간의 신경 기관은 그 날렵한 푸른 동물의 탄력 넘치는 질주에 화답하고자 힘차게 요동쳤다.

그들은 차를 몰고 데임가로 내려갔다. 거리는 외지에서 온 차들로 번잡했고, 자동차 경적이며 조급한 전차 운전기사들의 종소리로 시끄러웠다. 은행 근처에서 세구앵은 차를 세웠고 지미와 그의 친구가 내렸다. 몇몇 사람들이 보도로 몰려들어 그 부르릉거리는 자동차에 경의를 표했다. 그들은 그날 저녁 세구앵의 호텔에서 함께 저녁을 먹을 예정이었고, 그사이에 지미와 지미네 집에 함께 머무르고 있는 친구는 집에 가서 옷을 갈아입을 참이었다. 차는 천천히 그래프턴가 쪽으로 빠져나갔고 그러는 동안 두 청년은 뚫어져라 쳐다보는 일군의 사람들을 헤치고 나아갔다. 그들은 걸어간다는 것에 묘한 아쉬움을 느끼며 북쪽으로 향했고, 도시는 여름 저녁의 뿌연 공기 속에서 그들 위로 어슴푸레

둥그런 불빛을 드리웠다.

지미의 집에선 이 저녁식사가 특별한 행사로 선포되었다. 그의 부모의 마음속에선 일종의 자부심과 전전긍긍하면서도 제멋대로 분별없이 설쳐대는 열의가 마구 뒤섞였다. 거대한 외국 도시의 이름은 최소한 그런 효력을 발휘하니까. 지미도 역시 정장을 차려입으니까 매우 멀끔해 보였다. 그가 현관에서 마지막으로 넥타이의 나비매듭을 매만져 바로잡고 있을 때, 그의 아버지는 종종 돈 주고도 못 사는 자격을 확보해준 것에 심지어 상업적인 만족감을 느끼고 있는지도 모르는 일이었다. 그러므로 그의 아버지는 빌로나에게 유별나게 다정했고, 그의 태도는 외국인의 소양에 대한 진실한 존경심을 표현하고 있었다. 그러나 집주인이 품은 이 미묘한 생각을 그 헝가리인은 아마도 눈치채지 못했을 것이다. 왜냐하면 그는 저녁식사에 대한 강렬한 욕망을 느끼기 시작한 터였으므로.

저녁식사는 훌륭하고 세련되었다. 지미는 세구앵이 매우 섬세한 미각의 소유자라고 단정했다. 지미가 세구앵과 함께 케임브리지에서 본 적이 있는 라우스라는 잉글랜드 청년이 모임에 합류했다. 청년들은 촛불 모양의 전구가 켜진 아늑한 방에서 저녁을 먹었다. 그들은 입심 좋게 거리낌 없이 이야기를 나눴다. 상상력이 발동한 지미는 프랑스인들의 생기발랄한 젊음이 영국식 예절의 단단한 골격 위로 격조 있게 휘감아든다고 생각했다. 우아한 그림이었고 또한 적절한 그림이라고 생각되었다. 그는 그들을 초대한 주빈이 대화를 이끌어가는 솜씨에 감탄했다. 다섯 청년은 취미들이 각양각색이었고 또 혀가 풀린 터였다. 빌로나는 굉장한 존경심을 가지고서, 약간 놀란 그 영국인에게 영국 마드리갈[1]의 아름다움을 이야기해주면서, 옛날 악기들이 사라진 것을 한탄했다. 리비에르는 완전히 솔직 담백하지는 않게, 프랑스 기술진의 승리를 지미에게 설명해주겠다고 나섰다. 헝가리인의 낭랑한 목소리가 낭만파 화가들의 엉터리 류트[2] 그림을 조롱

1 목가나 연애시에 곡을 붙인 무반주 성악 합창.
2 14~18세기에 널리 쓰인 기타와 비슷한 현악기.

하면서 막 좌중을 압도하려 할 즈음에 세구앵이 모인 사람들을 정치 쪽으로 몰아갔다. 이거야말로 모두의 구미에 맞는 영역이었다. 관대한 분위기에 젖어 있던 지미는 아버지의 파묻혔던 열정이 자기 내부에서 되살아나는 것을 느꼈다. 그는 급기야 그무딘 라우스를 열 받게 만들었다. 방이 두배로 더워졌고 세구앵의 역할이 순간순간 점점 더 어려워졌다. 심지어 개인적으로 앙심을 품게 될 위험까지 있었다. 기민한 주빈은 기회를 잡아 전 인류를 위해 건배하자고 말하고, 술을 다 들이켜고 나자 의미심장하게 창문을 열어젖혔다.

그날밤 그 도시는 수도首都의 탈을 쓰고 있었다. 다섯 청년은 향내 나는 희미한 연기 속에서 스티븐스 그린[3]을 거닐었다. 그들은 큰 소리로 유쾌하게 떠들었고 외투는 어깨에 덜렁덜렁 걸쳐져 있었다. 사람들은 그들에게 길을 비켜주었다. 그래프턴가 모퉁이에서 땅딸막한 사내 한명이 멋진 숙녀 두명

---

3 더블린 시내 공원 중 하나.

을 또다른 뚱뚱한 사내가 모는 차 안으로 밀어넣고
있었다. 차가 떠나가고 그 땅딸막한 사내가 이들을
보았다.

"앙드레."

"팔리구나!"

뒤이어 급류처럼 말문이 터졌다. 팔리는 미국
인이었다. 무슨 얘길 하는 것인지 아무도 제대로
알지 못했다. 빌로나와 리비에르가 개중 제일 시끄
러웠지만, 모든 사람이 다 흥분 상태였다. 그들은
마구 웃어대며 차에 다 함께 끼여 탔다. 그들은 이
제 부드러운 색깔들로 뭉쳐져 보이는 군중 옆을 지
나, 즐거운 종소리에 맞춰 차를 타고 갔다. 그들은
웨스틀랜드로 역에서 기차를 잡아탔고, 지미가 느
끼기엔 몇초 지나지 않아 킹스타운 역을 걸어나오
고 있었다. 검표원이 지미에게 인사를 했다. 노인
이었다.

"좋은 밤 되십시오!"

고요한 여름밤이었다. 항구가 그들의 발치에
검은 거울처럼 깔려 있었다. 그들은 서로 팔짱을

끼고 「카데 루셀」[4]을 합창으로 부르며, 후렴마다 발을 구르면서 항구 쪽으로 나아갔다.

"오! 오! 오에! 정말로!"

그들은 제방 사이에서 거룻배에 올라 그 미국인의 요트를 향해 노를 저어 갔다. 야식, 음악, 카드놀이가 있을 예정이었다. 빌로나는 확신에 차서 말했다.

"기분 조오타!"

선실에는 요트용 피아노가 한대 있었다. 빌로나는 팔리와 리비에르를 위해 왈츠를 연주했다. 팔리가 기사 역을, 리비에르가 숙녀 역을 했다. 그러고는 즉흥 스퀘어댄스[5]를 추며, 사내들은 기발한 대형들을 만들어냈다. 얼마나 즐거운가! 지미는 작심하고 참여했다. 이건 최소한 세상 물정을 배우는 거야. 그러다가 팔리가 숨이 차서 그만! 하고 외쳤다. 한 사람이 가벼운 야식을 가져왔고, 청년들은 앉아서 그저 달려드는 시늉만 했다. 그러나 술은

---

4 18세기 말부터 불린 프랑스 군가.
5 한쌍씩 짝을 지어 네쌍이 마주 보고 추는 춤.

마셨다. 보헤미안식으로. 그들은 아일랜드를, 영국을, 프랑스를, 헝가리를, 미합중국을 위해 건배했다. 지미가 연설을, 기나긴 연설을 했고, 빌로나는 사이사이 옳소! 옳소! 하고 외쳐댔다. 그가 앉자 요란한 박수가 터졌다. 훌륭한 연설이었음이 분명했다. 팔리가 그의 등을 두드리며 큰 소리로 웃었다. 얼마나 유쾌한 녀석들인가! 얼마나 좋은 친구들인가!

카드! 카드! 탁자가 비워졌다. 빌로나는 슬며시 피아노로 돌아가 그들을 위해서 독주곡을 연주했다. 다른 사람들은 스스로를 모험 속에 대담하게 내던지며 게임을 하고 또 했다. 그들은 하트 여왕의, 그리고 다이아몬드 여왕의 건강을 위해 축배를 들었다. 지미는 봐주는 사람이 없어서 어쩐지 서운했다. 재치가 번득이고 있는데. 판돈이 엄청나게 높아지고 차용증서가 건네지기 시작했다. 지미는 누가 따는지는 정확히 알 수 없었지만, 자신이 잃고 있다는 것은 알았다. 그러나 그건 그 자신의 잘못이었다. 카드를 자주 잘못 보았고 다른 사람들이 그의 차용증을 대신 계산해줘야 할 지경이었으니까. 그들은 끝내주는 친구들이었지만, 이제 그는 그들이 그만해줬으면 하고 바랐다. 밤이 점점 깊어가고 있었다. 누군가가 요트 '뉴포트의 미인'호를 위해 건배했고, 그러고는 또 누군가가 마무리로 크게 한판만 더 하자고 제안했다.

피아노 소리는 그쳤다. 빌로나는 갑판으로 나가버렸음이 분명했다. 끔찍한 게임이었다. 그들은 게임을 종료하기 직전 행운을 빌며 건배했다. 지미는 그 판이 라우스와 세구앵 사이에 결판날 것임을 알았다. 이 흥분! 지미 역시 흥분되었다. 물론 그는 잃을 것이다. 얼마나 써줬더라? 사내들이 벌떡 일어나 떠들고 요란한 몸짓을 하며 마지막 수를 부렸다. 라우스가 이겼다. 선실이 청년들의 환호로 흔들렸고 카드가 한데 모아졌다. 그러고 그들은 각자 딴 것을 추스르기 시작했다. 팔리와 지미가 가장 많이 잃었다.

아침이면 후회하리라는 것을 그는 알았지만, 지금으로서는 이런저런 게 다 기뻤고, 자신의 어리

석음을 덮어주는 그 캄캄한 무감각 상태가 기뻤다.
그는 탁자 위에 팔꿈치를 괴고 두 손으로 머리를
받치곤 관자놀이의 맥박을 세었다. 선실 문이 열렸
고, 그는 회색빛 햇살을 받고 서 있는 헝가리인을
보았다.

"날이 샜습니다, 여러분!"

제임스 조이스 James Joyce

구름 한점 A Little Cloud

8년 전 그는 친구를 노스월까지 배웅하면서 성공을 빌어주었다. 갤러허는 성공했다. 외지 물이 밴 태도, 말쑥하게 재단된 트위드 정장, 그리고 거침없는 억양으로 보아 그것을 금방 알 수 있었다. 그만한 재능을 가진 친구는 드물었고, 그렇게 성공하고도 사람이 그 정도로 한결같은 경우는 더 드물었다. 갤러허는 정신이 제자리에 박혀 있었고, 성공할 자격이 있었다. 그런 친구를 갖는다는 건 대단한 일이었다.

점심시간 내내 꼬마 챈들러의 생각은 갤러허와의 만남, 갤러허가 자신을 초대한 것, 그리고 갤러허가 사는 거대한 도시 런던에 관한 것이었다. 그가 꼬마 챈들러라고 불리는 것은, 체구로 보면 평

균치보다 조금 작은 정도지만 보는 이에게 작은 사람이라는 인상을 주기 때문이었다. 그의 손은 하얗고 작았으며, 골격은 연약했고, 목소리는 조용조용하며 태도는 세련되었다. 그는 자신의 비단결 같은 금발과 콧수염을 끔찍이도 정성스레 매만졌고 손수건에는 조심조심 향수도 뿌렸다. 손톱의 반달 모양은 완벽했고, 미소를 지을 때면 어린아이 같은 하얀 치열이 언뜻 보였다.

킹스 인스 법학원'의 자기 책상에 앉아서 그는 그 8년이 가져다준 변화를 생각했다. 초라하고 궁기 흐르던 모습으로만 알고 있었던 그 친구는 런던 언론계의 총아가 되었다. 그는 이따금씩 지겨운 글쓰기를 멈추고 몸을 돌려 사무실 창밖을 내다보았다. 늦가을 저녁놀이 잔디밭과 보도를 뒤덮고 있었다. 그 빛은 단정치 못한 간호사들과 벤치에서 졸고 있는 쇠약한 노인들에게 온화한 황금 먼지의 소나기를 퍼부었다. 그 빛은 모든 움직이는 형체들

Ｉ　영국과 아일랜드의 법률가 양성 교육기관. 로스쿨에 해당한다.

위에 ─ 소리를 지르며 자갈 보도를 따라 뛰는 어린아이들 위에, 그리고 정원을 통과하는 모든 사람들 위에 반짝였다. 그는 그 광경을 쳐다보며 인생을 생각했다. 그리고 (그가 인생을 생각할 때면 늘 그러하듯) 슬퍼졌다. 잔잔한 비애가 그를 사로잡았다. 운명에 맞서 싸우는 것이란 얼마나 부질없는가 하는 느낌이 들었다. 이 운명도 누대에 걸쳐 그에게 남겨진 지혜의 짐일진대.

그는 집 선반 위에 쌓인 시집들이 생각났다. 총각 시절에 산 책들이었고, 저녁 무렵 현관 옆쪽의 작은 방에 앉아 있을 때면 종종 책꽂이에서 한권쯤 꺼내서 아내에게 뭔가 좀 읽어줄까 하는 생각이 들곤 했었다. 하지만 매번 수줍어서 그렇게 하지는 못했고, 그리하여 책들은 선반 위에 그대로 있었다. 때때로 그는 시 구절을 혼자 되풀이해 읊었고, 그러면서 마음을 달랬다.

시간이 다 되어서 그는 몸을 일으켜 책상과 동료 직원들에게 꼼꼼하게 작별 인사를 했다. 그는 킹스 인스 법학원의 봉건시대풍 아치 아래를 단정

하고 소박한 모습으로 걸어 나와 재빠르게 헨리에
타가를 걸어 내려갔다. 황금빛 석양이 기울어가고,
대기는 이미 싸늘해져 있었다. 꾀죄죄한 아이들 한
떼가 거리를 점하고 있었다. 그들은 차도에 서 있
거나 달려가고, 혹은 열려 있는 문 앞 계단을 기어
오르거나 아니면 문간에 생쥐처럼 쪼그리고 앉아
있었다. 꼬마 챈들러는 그들을 거들떠보지도 않았
다. 그는 그 온갖 하찮은 벌레 같은 인간들을 지나
쳐 더블린의 옛 귀족들이 한때 야단스레 거들먹거
리던 수척한 유령 같은 저택의 그늘 아래로 날렵하
고도 조심스레 걸어갔다. 과거에 대한 어떤 기억도
그를 감동시키지 못했다, 그의 마음은 현재의 기쁨
으로 충만한 상태였으므로.

　　그는 콜리스 식당엔 가본 적이 없지만 그 이름
의 가치는 알고 있었다. 연극 관람을 마치고 사람
들이 그리로 가서 굴 안주에 리큐어를 마신다는 것
을 그는 알고 있었다. 그리고 그곳 웨이터들이 프
랑스어와 독일어를 쓴다는 얘기도 들은 적이 있었
다. 밤에 빠른 걸음으로 걸어가다가, 그는 마차들이

그 문 앞에 멈추고 값비싼 옷을 입은 숙녀들이 파트너의 호위를 받으며 마차에서 내려 빠른 걸음으로 입장하는 것을 보았다. 그들은 요란한 옷을 입었고 또 걸친 것도 많았다. 얼굴엔 분을 발랐고 치맛자락이 땅에 닿기라도 하면 기겁한 아탈란타[2]처럼 옷자락을 들어올렸다. 그는 언제나 고개를 돌려 쳐다보지 않고 지나갔다. 낮에도 빠른 걸음으로 걷는 것이 그의 습관이었고 어쩌다 밤늦게 시내에 있게 되면 걱정 반 흥분 반으로 갈 길을 서둘렀다. 그러나 때로는 그 두려움의 원인을 좇기도 했다. 그는 가장 어둡고 좁은 길을 택했고, 그가 대담하게 걸어 나아갈 때면 그의 발걸음 주변에 깔린 침묵이 그를 불안하게 했고, 말없이 어슬렁거리는 사람들 모습이 그를 불안하게 했으며, 때때로 스쳐가는 나지막한 웃음소리가 그를 이파리처럼 떨게 했다.

그는 왼쪽으로 방향을 돌려 케이플가로 향했다. 런던 언론계의 이그네이셔스 갤러허! 8년 전에

---

2 그리스신화에 나오는 발 빠른 여자 사냥꾼.

누가 그것을 가능하다고 생각했을까? 하지만 이제 과거를 돌이켜보니, 꼬마 챈들러는 자기 친구에게 장차 크게 될 여러 조짐이 있었음을 기억해낼 수 있었다. 사람들은 이그네이셔스 갤러허가 방탕하다고 말했다. 물론 그가 당시에 불량한 패거리들과 어울린 것은 사실이었다. 멋대로 술을 마시고 사방천지에서 돈을 꾸었다. 마침내 그는 어떤 수상한 사건, 즉 어떤 돈거래에 휘말렸다. 적어도 그게 그의 도주를 설명하는 한가지 해석이었다. 그러나 그의 재능을 부인하는 사람은 없었다. 이그네이셔스 갤러허에게는 늘 어떤…… 자기도 모르게 그에게 이끌리게 되는 뭔가가 있었다. 심지어 거지꼴이 되고 돈이 똑 떨어져 어찌할 바를 모를 때에도 그는 뻔뻔스러웠다. 꼬마 챈들러는 그가 궁지에 몰렸을 때 했던 말 중 한마디가 기억났다(그리고 그것을 기억하자 그의 뺨이 자랑스러움에 발그레해졌다).

"하프타임이야, 애들아," 하고 그는 가볍게 말하곤 했다. "작전 좀 짜봐야지?"

그게 이그네이셔스 갤러허의 진면목이었다. 젠

장, 그러니 감탄하지 않을 도리가 있나.

꼬마 챈들러는 걸음을 빨리했다. 평생 처음으로 그는 옆을 지나쳐가는 사람들보다 자신이 우월하다고 느꼈다. 처음으로 그의 영혼은 케이플가의 그 께느른한 촌스러움을 역겨워했다. 의심의 여지가 없었다. 성공하고 싶으면 떠나야 했다. 더블린에서는 아무것도 할 수 없었다. 그래턴 다리를 건너면서 그는 강 하류 쪽의 선착장 방향을 바라보았고 그 가난하고 일그러진 집들이 딱하다고 생각했다. 그 집들은 강둑을 따라 뒤죽박죽 엉겨붙어서, 먼지와 매연으로 뒤덮인 낡은 코트를 입고, 해가 지는 광경을 멍하니 바라보다 밤의 첫 한기가 닥쳐와서야 비로소 일어나 으스스 몸을 떨고는 어디론가 사라져버리는 한 무리의 뜨내기들처럼 보였다. 그는 이런 생각을 표현하는 시를 한편 쓸 수는 없을까 생각해보았다. 혹시 갤러허가 그것을 런던의 어떤 신문에다 싣게 해줄지도 모른다. 그가 독창적인 뭔가를 쓸 수는 있을까? 자신이 어떤 생각을 표현하고 싶은 것인지는 확실하지 않았지만 어떤 시적인 순간이 자신의 마음을 움직였다는 생각이 그의 내부에서 어린 희망처럼 활기를 띠었다. 그는 용감하게 앞으로 나아갔다.

한걸음 한걸음 걸을 때마다 그는 런던에 더 가깝게, 자신의 맨송맨송하고 비예술적인 삶으로부터 점점 더 멀리 나아갔다. 한줄기 빛이 그의 마음의 지평 위에서 파르르 떨기 시작했다. 그렇게 나이 든 것은 아니다─서른둘. 그의 기질이 막 원숙기에 접어들었다고 말할 수 있었다. 그에게는 시로 표현하고 싶은 여러가지 정조와 인상이 많았다. 그는 그런 것들이 자기 안에 있다고 느꼈다. 그는 자신의 영혼이 시인의 영혼인지 저울질해보려고 했다. 비애가 내 기질의 주조다,라고 그는 생각했다. 그러나 그것은 신념과 체념과 소박한 기쁨이 반복됨으로써 정련된 비애다. 그것을 한권의 시집으로 표현해낸다면 아마도 사람들이 귀담아들으리라. 결코 대중적인 인기는 없을 것이다. 그도 잘 알고 있었다. 그는 군중을 뒤흔들 수는 없지만, 비슷한 심성을 지닌 소수의 그룹 내에서는 호소력이 있을 것이다. 영국인 비평가들은 어쩌면 그의 시가 지닌 우울한 어조 때문에 그를 켈트파 시인으로 인식할 것이다. 게다가 그는 인유引喩도 끼워넣을 것이다. 그는 자신의 책이 받을 서평에 나올 문장과 구절을 만들어보기 시작했다. 챈들러 씨는 편안하면서도 우아한 운문을 쓰는 재능이 있다. (…) 그리움의 슬픔이 시 작품 전반에 배어 있다. (…) 켈트파의 음조. 자신의 이름이 좀더 아일랜드식이 아닌 것이 유감이었다. 어쩌면 성 앞에 어머니 이름을 넣는 것이 나을 것이다. 토머스 멀론 챈들러. 아니면 아예 더 좋게는 T. 멀론 챈들러. 그건 갤러허와 상의를 해볼 일이다.

자기 생각을 얼마나 열심히 좇았던지 그는 거리를 지나쳐버려서 되돌아와야 했다. 콜리스 식당으로 다가가자 예의 그 동요가 그를 압도하기 시작했고 그는 문 앞에서 발을 멈추고 머뭇거렸다. 마침내 그는 문을 열고 들어갔다.

바의 빛과 소음 때문에 그는 잠시 문간에 서 있었다. 주위를 둘러보았지만, 숱하게 반짝이는 붉은색 초록색의 포도주잔들 때문에 시야가 어지러웠다. 바는 사람들로 가득한 것처럼 보였고 그는 사람들이 자기를 신기한 듯 관찰하고 있는 기분이 들었다. 그는 재빨리 (자신이 심각한 일로 온 것처럼 보이려고 이마를 약간 찌푸리면서) 좌우를 흘낏 살폈지만, 약간 시야가 트이고 나서 보니 그를 쳐다보려고 돌아선 사람은 아무도 없었다. 그리고 거기 아주 확실하게 이그네이셔스 갤러허가 등을 카운터에 기대고 발을 널찍하게 벌린 채로 서 있었다.

"어이, 토미, 이 친구, 왔구나! 뭐로 할까? 뭘 마실래? 난 위스키 마시고 있는데. 물 건너 것보다 낫네. 소다? 리시아?[3] 광천수는 싫어? 나도 그래. 술맛을 버리거든…… 여기, 가르송,[4] 몰트위스키 반 잔씩 줘, 얼른…… 그래, 지난번 만난 뒤로 어떻게 지냈어? 맙소사, 우리가 얼마나 늙은 거야! 나 나이 먹은 티가 좀 나나 ─ 응, 뭐? 정수리가 좀 세고 숱이 적어졌지 ─ 응?"

이그네이셔스 갤러허는 모자를 벗고 바싹 깎은

3 미국산 광천수 브랜드명.
4 프랑스어에서 유래한 '웨이터'를 이르는 말.

커다란 머리를 드러냈다. 그의 얼굴은 육중하고, 창백하고, 또 깔끔하게 면도가 되어 있었다. 푸르스름한 슬레이트빛이 나는 두 눈은 그의 창백한 병색을 덜어주고 그가 맨 선명한 오렌지색 넥타이 위에서 또렷하게 빛났다. 이렇게 상충되는 특징들 사이에 있는 입술은 매우 길고 볼품없고 또 무색이었다. 그는 머리를 숙이고 동정을 구하듯 손가락 두 개로 정수리께의 숱 적은 머리카락을 더듬었다. 꼬마 챈들러는 아니라는 뜻으로 고개를 저었다. 이그네이셔스 갤러허는 다시 모자를 썼다.

"사람을 녹초로 만들어," 하고 그가 말했다. "언론계 생활이라는 게. 언제나 이리 뛰고 저리 뛰면서, 기삿거리 찾아다니고 어떤 때는 그나마 못 찾고 말이야. 그리고 기사는 항상 새로운 뭔가가 있어야 하고. 빌어먹을 교정쇄하며 식자공들, 정말이지, 며칠만 안 봐도 살겠어. 고국에 돌아오니까 굉장히 좋다, 정말이야. 다정하고 더러운 더블린에 발을 딛는 순간 훨씬 기분이 좋아졌어…… 자 여기, 토미. 물? 내가 따라줄게."

꼬마 챈들러는 자신의 위스키에 물을 너무 많이 타게 내버려뒀다.

"자넨 술 마실 줄 모르는군, 이 사람아," 하고 이그네이셔스 갤러허가 말했다. "난 물 안 넣고 그냥 마시는데."

"난 대개는 거의 안 마셔." 꼬마 챈들러가 겸손하게 말했다. "옛날 친구 만나면 반잔 정도, 그러면 끽이지."

"아, 그래," 하고 이그네이셔스 갤러허가 쾌활하게 말했다. "우리를 위하여, 그리고 옛날과 옛 친구들을 위하여!"

그들은 잔을 부딪히고 건배했다.

"오늘 옛날 패거리들을 만났어." 이그네이셔스 갤러허가 말했다. "오하라는 상태가 안 좋은 것 같던데. 무슨 일을 하지?"

"아무것도 안해." 꼬마 챈들러가 말했다. "완전히 망했어."

"하지만 호건은 괜찮은 자리에 있지, 안 그래?"

"응, 토지위원회[5]에 있지."

"어느날 밤 런던에서 그를 만났었는데, 얼굴이 아주 불콰하더라고. 오하라 안됐어! 술 때문이겠지?"

"다른 이유도 있고." 꼬마 챈들러가 짤막하게 말했다.

이그네이셔스 갤러허가 웃었다.

"토미," 하고 그가 말했다. "자넨 조금도 변하지 않았어. 자넨 내가 숙취로 머리는 띵하고 혀에는 설태가 끼어서 개차반이 되어 있는 일요일 아침에 내게 훈계를 하던 그 진지한 사람 그대로야. 자네도 세상을 좀 둘러봐야 할 텐데. 정말 어디 여행 가본 데도 전혀 없어?"

"맨섬에 가본 적 있어." 꼬마 챈들러가 말했다.

이그네이셔스 갤러허가 웃었다.

"맨섬이라고!" 그가 말했다. "런던이나 파리에 가봐. 굳이 고르라면 파리지. 자네한테 좋을 거야."

"파리 가봤어?"

---

5 아일랜드 토지개혁 과정에서 토지위원회는 금품수수와 뒷거래로 악명이 높았다.

"가보다마다! 거기서 좀 돌아다녀봤지."

"거기가 사람들 얘기처럼 정말 그렇게 아름다워?" 꼬마 챈들러가 물었다.

그는 술잔을 홀짝댔고, 반면에 이그네이셔스 갤러허는 과감하게 잔을 비웠다.

"아름답다?" 이그네이셔스 갤러허는 그 단어에, 그리고 술 향기에 잠시 말을 멈추었다가 말했다. "뭐, 그렇게 아름답지는 않아. 물론 아름답긴 하지…… 하지만 중요한 건 파리의 삶이야. 그게 진짜야. 아, 파리처럼 유쾌하고, 활발하고, 사람을 흥분시키는 도시는 없어……"

꼬마 챈들러는 자기 위스키를 다 마시고, 약간 애쓴 끝에 바텐더와 눈을 마주치는 데 성공했다. 그는 같은 것을 다시 주문했다.

"물랭 루주에 갔었어." 바텐더가 잔을 치우자 이그네이셔스 갤러허가 말을 이었다. "그리고 공연하는 카페엔 다 가봤는데 말이야. 화끈해! 자네 같은 경건한 친구는 못 견딜걸, 토미."

바텐더가 잔 두개를 들고 돌아올 때까지 꼬마

챈들러는 아무 말도 하지 않았다. 그런 다음 그는 친구의 잔을 가볍게 부딪혀 앞서의 건배에 보답했다. 그는 어쩐지 환멸이 느껴지기 시작했다. 갤러허의 억양과 표현 방식이 마음에 들지 않았다. 그의 친구에게는 뭔가 전에 볼 수 없었던 천박한 데가 있었다. 그러나 아마도 그것은 런던 언론계의 북새통과 경쟁 속에서 살아온 결과일 뿐이리라. 번지르르 새로운 거동 아래에는 아직 그 옛날의 인간적인 매력이 깔려 있었다. 그리고 어쨌든 갤러허도 나름 살아오면서 세상맛을 봤던 거니까. 챈들러는 선망의 눈길로 자기 친구를 쳐다보았다.

"파리에서는 모든 게 유쾌해." 이그네이셔스 갤러허가 말했다. "그들은 인생을 즐기자는 게 신조거든—그 사람들 말이 맞지 않아? 제대로 즐기려면 파리로 가야 해. 그리고 말야, 거기 사람들은 아일랜드 사람들이라면 너무들 좋아해. 내가 아일랜드 출신이라고 했더니 아예 내게 달려들려고 하더라니까."

꼬마 챈들러는 술을 너덧모금 홀짝댔다.

"그런데," 하고 그가 말했다. "그게 사실이야? 파리가 그렇게······ 풍기문란하다는 말이?"

이그네이셔스 갤러허가 오른팔로 짐짓 너그러운 몸짓을 해 보였다.

"어디나 풍기문란하지." 그가 말했다. "물론 파리에 음란한 면이 있는 건 사실이야. 예를 들어, 학생들 무도회에 가면 말이야. 아주 발랄하다고 할 수 있지, **코코트**[6]들이 놀아나기 시작하면. **코코트**가 뭔지는 알지, 자네?"

"얘긴 들었어." 꼬마 챈들러가 말했다.

이그네이셔스 갤러허는 단숨에 위스키를 들이켜고 머리를 흔들었다.

"아," 하고 그가 말했다. "자네가 뭐라고 할지는 몰라도 말이야. 파리 아가씨 같은 여자는 없어─스타일도, 노는 것도."

"그렇다면 문란한 도시네." 꼬마 챈들러가 조심스럽게 주장했다. "그러니까, 런던이나 더블린하고

6 프랑스어로 '매춘부'라는 뜻.

비교하면?"

"런던!" 이그네이셔스 갤러허가 말했다. "여섯 개나 반다스나 거기서 거기지. 호건한테 물어봐, 이 사람아. 걔가 런던에 왔을 때 내가 구경을 좀 시켜줬거든. 자네 눈을 확 뜨이게 만들어줄 거야…… 아이고, 토미, 위스키 맛 다 달아나겠네, 쭉 들이켜."

"아냐, 정말……"

"아, 이 사람 참, 한잔 더 마신다고 몸 상하진 않아. 뭐로 할까? 똑같은 걸로 하지?"

"글쎄…… 그러지 뭐."

"프랑수아, 같은 걸로…… 담배 피울래, 토미?"

이그네이셔스 갤러허가 담뱃갑을 꺼냈다. 두 친구는 시가에 불을 붙이고 술이 올 때까지 말없이 뻐끔거렸다.

"내 의견을 말하면" 하고, 얼마 후 잠시 동안 자기 몸을 숨겼던 연기구름으로부터 모습을 드러내며 이그네이셔스 갤러허가 말했다. "세상은 요지경이야. 풍기문란이라! 그런 얘기들은 실컷 들었

구름 한점

지—들은 게 다 뭐야?—아주 잘 알지, 그런……
풍기문란의 사례들을……"

이그네이셔스 갤러허는 생각에 잠겨 시가를 피
우고 나서, 차분한 역사가의 어조로 해외에 자자
한 부패의 실상을 자기 친구에게 소묘해주기 시작
했다. 그는 여러 수도들의 타락상을 간단히 설명했
고, 승리의 종려 잎을 베를린에게 수여하고픈 눈
치였다. 그가 장담할 수 없는 얘기도 있었지만(그
의 친구들이 해준 얘기니까), 다른 것들은 그가 직
접 겪은 바였다. 그는 어떤 지위나 신분도 봐주지
않았다. 유럽대륙 수도원의 숱한 비밀을 폭로했고,
상류사회에서 유행하는 몇몇 풍습을 설명했으며,
마지막으로 어떤 영국 공작부인에 관한 이야기를
상세하게 들려줬다—그가 확실히 알고 있는 이야
기였다. 꼬마 챈들러는 경악했다.

"아, 그래," 하고 이그네이셔스 갤러허가 말했
다. "우린 지금 그따위 짓거리는 도통 알려진 바 없
는 이곳, 옛날부터 이럭저럭 그대로인 더블린에 있
고."

"여기가 얼마나 지루하게 느껴질까." 꼬마 챈들러가 말했다. "그런 곳들을 모두 둘러보고 나서 여길 오면 말이야!"

"음," 하고 이그네이셔스 갤러허가 말했다. "여기 오니까 뭐랄까, 긴장이 풀려. 그리고 어쨌든 사람들 말대로, 옛 고향이잖아, 안 그래? 고향에 대해서 어떤 느낌이 없을 수가 없지. 그게 인지상정이니까…… 그렇지만, 자네 얘기 좀 해봐. 호건 말로는 자네가…… 혼인의 기쁨을 맛보았다던데. 2년 전인가, 맞아?"

꼬마 챈들러는 얼굴을 붉히며 미소를 지었다.

"응." 그가 말했다. "지난 5월이 결혼 1주년이었어."

"축하를 전하기에 너무 늦은 건 아니겠지." 이그네이셔스 갤러허가 말했다. "주소를 몰랐어. 알았으면 그때 축하해줬을 텐데."

그는 손을 내밀었고, 그 손을 꼬마 챈들러가 잡았다.

"그래, 토미," 하고 그가 말했다. "자네와 자네

처에게 인생의 온갖 기쁨이 있기를 기원할게. 돈도 엄청 많이 벌고, 그리고 내가 쏴 죽일 때까지 오래오래 살기를 바라네. 이건 진실한 친구, 오래된 친구의 소망이야, 알겠지?"

"알지." 꼬마 챈들러가 말했다.

"아이는?" 이그네이셔스 갤러허가 말했다.

꼬마 챈들러는 또 얼굴이 붉어졌다.

"하나 있어." 그가 말했다.

"아들이야, 딸이야?"

"사내애."

이그네이셔스 갤러허는 자기 친구의 등을 요란스럽게 두들겼다.

"브라보!" 그가 말했다. "그러면 그렇지, 토미."

꼬마 챈들러는 미소를 짓고, 당황한 표정으로 자기 잔을 쳐다보며 어린애같이 새하얀 세개의 앞니로 아랫입술을 깨물었다.

"우리 집에서 하루 저녁 보내면 좋은데." 그가 말했다. "돌아가기 전에. 아내가 자넬 보면 좋아할 거야. 음악도 좀 듣고 또……"

"정말 고마워, 이 친구." 이그네이셔스 갤러허가 말했다. "좀더 일찍 만났으면 좋았을걸. 그런데 난 내일 밤 떠나야 하거든."

"그럼 오늘밤은……?"

"정말 미안해, 이 친구야. 다른 일행이 있어. 그 친구도 똑똑한 청년이지. 간단한 카드 모임에 가기로 되어 있어서. 그것만 아니면……"

"아, 그러면……"

"하지만 또 누가 알아?" 이그네이셔스 갤러허가 자상하게 말했다. "내년에 잠깐 올 수 있을 거 같아. 이제 길을 텄으니까 말이야. 그때까지 즐거운 일 하나 미뤄둔 셈 치자."

"좋아." 꼬마 챈들러가 말했다. "다음에 올 때는 꼭 저녁을 함께하는 거야. 약속한 거지?"

"그래, 약속해." 이그네이셔스 갤러허가 말했다. "내년에 다시 온다면, **파롤 도뇌르.[7]**"

"그리고 협약을 마무리하는 뜻으로 한잔만 더

---

7 parole d'honneur. 프랑스어로 '명예를 걸고 한 약속'이라는 뜻.

하자." 꼬마 챈들러가 말했다.

이그네이셔스 갤러허는 커다란 금시계를 꺼내
들여다보았다.

"마지막 잔이지?" 그가 말했다. "왜냐면, 알다시
피, 약속이 있어서."

"아, 그래, 물론이지." 꼬마 챈들러가 말했다.

"좋아, 그럼." 이그네이셔스 갤러허가 말했다.
"한잔 더 하세, **문턱주로** — 위스키 작은 거 한잔에
잘 어울리는 토속어야, 정말."

꼬마 챈들러가 술을 주문했다. 좀 전에 떠올랐
던 안면 홍조가 아예 얼굴에 자리를 잡고 있었다.
그는 시도 때도 없이 사소한 일에도 얼굴이 붉어졌
는데, 이젠 몸이 후끈후끈하고 흥분되는 기분이었
다. 위스키 작은 것 석잔의 기운이 머리끝까지 올
랐고, 갤러허의 독한 시가가 그의 마음을 어지럽혀
놓았다. 그는 워낙 여리고도 금욕적인 인간이었으
니까. 8년 만에 갤러허를 만나고, 콜리스 식당에서
불빛과 소음에 둘러싸인 채 갤러허와 함께하고, 갤
러허의 이야기에 귀를 기울이고, 또 잠시나마 갤러

허의 그 의기양양한 낭인 생활을 공유하는 그런 모험이 그의 예민한 성품의 형평을 뒤흔들어놓은 것이다. 자기 자신의 삶과 친구의 삶의 대비가 뼈저리게 느껴졌고, 그게 그에게는 부당하게 보였다. 갤러허는 출신이나 학력이 그보다 열등했다. 그는 기회만 주어진다면 자기 친구가 해낸 것보다, 혹은 할 수 있는 것보다 더 나은 것, 겉만 번지르르한 기자 생활보다 더 고귀한 어떤 것을 해낼 수 있으리라 확신했다. 무엇이 그를 가로막고 있는 것인가? 그의 안타까운 소심함! 그는 어떤 식으로든 자신을 정당화하고, 자신의 사내다움을 주장하고 싶었다. 그는 갤러허가 자신의 초대를 거절한 배경을 알 수 있었다. 갤러허는 선심 쓰듯 아일랜드를 한번 방문한 것과 마찬가지로, 그에게 우정을 은혜로 베푸는 거였다.

바텐더가 술을 가져왔다. 꼬마 챈들러는 잔 하나를 자기 친구 쪽으로 밀어주고 다른 잔 하나를 대범하게 집어들었다.

"누가 알아?" 잔을 쳐들며 그가 말했다. "내년에

자네가 올 때쯤엔 내가 이그네이셔스 갤러허 부부에게 만수무강을 비는 기쁨을 누리게 될지."

이그네이셔스 갤러허는 술을 마시다가 술잔 가장자리 너머로 의미심장하게 한쪽 눈을 찡긋 감았다. 술을 들이켠 후 그는 단호하게 입술을 짝짝 다시고, 술잔을 내려놓고는 말했다.

"그런 빌어먹을 걱정은 안해도 돼. 나는 하고 싶은 일 실컷 하고 인생이랑 세상 맛을 좀더 본 다음에나 그 고생보따리를 찰 테니까—찰지 안 찰지도 모르겠다만."

"언젠간 하겠지." 꼬마 챈들러가 차분하게 말했다.

이그네이셔스 갤러허는 자신의 오렌지색 넥타이와 회청색 눈을 자기 친구를 향해 똑바로 돌렸다.

"그렇게 생각해?"

"자네도 그 고생보따리를 차게 될 거야." 꼬마 챈들러가 완강하게 말했다. "다른 사람들이 다 그렇듯이 임자만 만난다면 말이야."

그는 자신의 어조에 약간 힘을 주었고, 자기 감

정을 드러냈다는 사실을 의식했다. 비록 뺨은 더 붉어졌지만, 그는 자기 친구의 응시에 움찔하지 않았다. 이그네이셔스 갤러허는 그를 잠시 바라보다가 이렇게 말했다.

"그런 일이 벌어진다 해도, 나는 절대로 정신없이 매달리고 그런 일은 없을 거야. 난 돈과 결혼할 작정이거든. 은행에 현찰이 빵빵한 여자라야지 아니면 나한텐 소용없어."

꼬마 챈들러는 머리를 내저었다.

"어허, 이 사람 보게." 이그네이셔스 갤러허가 열내며 말했다.

"이거 알아? 난 말 한마디만 하면 당장 내일이라도 여자와 현찰을 가질 수 있어. 못 믿겠어? 글쎄, 난 알아. 날 보고 얼씨구나 할 돈 많은 독일 여자, 돈이 썩어나는 유대인 여자 들이 수백명 ─ 수백명이 다 뭐야 ─ 수천명이라니까…… 조금만 있어봐. 내 솜씨를 잘 지켜보라고. 난 한다면 제대로 하는 사람이야, 정말. 두고 보라니까."

그는 단숨에 잔을 입으로 가져가 술을 비우고

큰 소리로 웃었다. 그러고 나서 생각에 잠긴 듯 앞쪽을 바라보다가 좀더 차분한 어조로 말했다.

"하지만 나야 급할 거 없어. 기다리라지 뭐. 글쎄, 난 한 여자에게 나를 묶어두고 싶지는 않거든."

그는 입으로 맛을 보는 시늉을 하고는 얼굴을 찡그렸다.

"김이 빠져서 좀 맛이 없겠지, 틀림없이." 그가 말했다.

* * *

꼬마 챈들러는 아이를 팔에 안고 현관 옆방에 앉아 있었다. 그들은 돈을 아끼려고 하인을 두지 않았지만, 애니의 여동생 모니카가 아침에 한시간가량, 저녁에 다시 한시간가량 와서 거들어주었다. 그러나 모니카도 집에 간 지 오래된 터였다. 9시 십오분 전이었다. 꼬마 챈들러는 저녁 시간이 지나 귀가한데다가, 집에 있는 애니에게 벌리 상점에서 커피 한봉지 사다주는 것을 깜빡 잊어버렸다. 물론

그녀는 기분이 상했고 대답이 무뚝뚝했다. 그녀는
차 같은 거 안 마셔도 산다고 말했지만, 길모퉁이
가게가 문 닫을 시간이 다 되어가자 자기가 나가서
차 4분의 1파운드와 설탕 2파운드를 사오기로 작
정했다. 잠이 든 아이를 그의 팔에 솜씨 좋게 안겨
주며 그녀가 말했다.

"여기. 깨우면 안돼요."

하얀 도자기 갓이 달린 작은 등잔이 탁자 위에
놓여 있고 그 빛이 주름진 뿔 테두리 액자에 담긴
사진 위로 비쳤다. 애니의 사진이었다. 꼬마 챈들
러는 그 사진을 쳐다보다가, 꽉 다문 얇은 입술을
응시했다. 그녀가 입은 옅은 파란색 여름 블라우스
는 어느 토요일 그가 그녀에게 선물로 사다준 것이
었다. 10실링 11펜스나 준 것이었다. 그 돈을 쓰는
데 얼마나 불안하고 고통스러웠는지! 그날 그는 얼
마나 곤욕을 치렀던가. 가게가 텅 빌 때까지 문 앞
에서 기다리고, 아가씨가 여성용 블라우스를 자기
앞에 쌓아놓는 동안 판매대에 서서 아무렇지도 않
은 척하느라 진땀 흘리고, 계산대에서 돈을 치르고

는 거스름돈 몇펜스 받는 것을 깜빡 잊어 출납원에게 다시 불려가고, 또 마지막으로, 가게를 떠나면서는 홍당무가 된 얼굴을 감추려고 포장이 잘됐나 보는 척 꾸러미를 이리저리 들여다보고. 블라우스를 들고 귀가하자 애니는 그에게 입을 맞추면서 아주 예쁘고 맵시 있는 옷이라고 말했다. 하지만 값이 얼마라고 하자 그녀는 블라우스를 탁자 위로 내던지고는 이런 옷을 10실링 11펜스나 받다니 그건 순 사기라고 했다. 처음에 그녀는 그것을 무르려고 했지만, 일단 입어보더니 특히 소매 모양새가 마음에 든다며 기뻐했다. 그리고 그에게 입을 맞추며 자기를 생각해줘서 정말 고맙다고 했다.

흠⋯⋯!

그가 사진 속의 두 눈을 냉정하게 쳐다보자, 그 눈도 냉정하게 되쏘았다. 분명 두 눈이 예뻤고, 얼굴 자체도 예뻤다. 하지만 뭔가 상스러운 구석이 있었다. 왜 저렇게 새침하게 숙녀인 척하지? 두 눈의 평정이 그를 짜증나게 했다. 그는 그 눈이 역겨웠고 꼴 보기 싫었다. 그 안에는 아무런 열정도 환

희도 없었다. 그는 갤러허가 돈 많은 유대인 여자에 대해 했던 말을 생각했다. 그는 생각했다. 동양적인 그 검은 눈동자, 그것은 얼마나 열정으로, 육감적인 열망으로 가득 차 있을까……! 그는 왜 사진 속의 그 두 눈과 결혼했던가!

그 질문에 사로잡혀 그는 초조하게 방을 둘러보았다. 자신이 할부로 집에다 들여놓은 그 예쁜 가구에도 상스러운 데가 있었다. 그것은 애니가 직접 고른 가구였고 그에게 애니를 연상시켰다. 너무 깔끔하고 예뻤다. 자기 삶에 대한 무지근한 분노가 그의 내부에 일어났다. 이 작은 집에서 도망칠 수는 없을까? 갤러허처럼 용감하게 살아보려 하기에는 너무 늦은 걸까? 런던으로 갈 수 있을까? 가구 할부금이 아직 남아 있었다. 책을 한권 써서 출판할 수만 있다면, 길이 열릴지도 모르겠는데.

바이런 시집 한권이 그 앞 탁자 위에 놓여 있었다. 아이를 깨울까봐 그는 왼손으로 조심스레 책장을 펼치고 맨 앞에 수록된 시를 읽기 시작했다.

바람 잠잠하고 저녁 어스름 고요해,

덤불숲 사이 서풍조차 불지 않는데,

나는 돌아와 내 사랑 마거릿의 무덤을 보네

흙으로 돌아간 내 사랑 위에 꽃을 뿌리네.[8]

그는 여기서 멈췄다. 그는 시의 운율을 방 안 자기 주변에서 느꼈다. 얼마나 서글픈가, 이 시는! 그도 이렇게 쓸 수 있을까, 자기 영혼의 비애를 그렇게 시로 표현할 수 있을까? 표현하고 싶은 것이 너무나 많았다. 예를 들면 몇시간 전 그래턴 다리에서의 감흥 같은 것. 그 기분으로 다시 돌아갈 수 있다면……

아이가 잠이 깨서 울기 시작했다. 그는 책에서 몸을 돌려 아이를 달래려고 했지만, 진정될 기미가 아니었다. 그는 팔에 안은 아이를 앞뒤로 흔들어주기 시작했다. 그러나 우는 소리는 점점 더 날카로 워졌다. 그는 아이를 더 빨리 흔들면서 눈으로는

---

8 1802년경 집필되었다고 알려진 「젊은 여인의 죽음에 부쳐」(On the Death of a Young Lady)의 첫 연.

두번째 연을 읽기 시작했다.

> 이 좁은 무덤에 그녀의 육신이 누워 있나니
> 흙이 된 그 육신 한때는……

　소용없었다. 읽을 수가 없었다. 아무것도 할 수
가 없었다. 아이의 울부짖음이 고막을 꿰뚫었다.
소용없어, 소용없어! 그는 평생 갇힌 신세였다. 그
의 두 팔은 분노로 떨렸고, 그는 갑자기 아이 얼굴
쪽으로 몸을 굽히며 소리를 질렀다.
　"울지 마!"
　아이는 일순 멈췄다가, 놀라 자지러지며 비명
을 지르기 시작했다. 그는 의자에서 벌떡 일어나
아이를 팔에 안고 허둥지둥 방 안을 오르내렸다.
아이는 사오초 동안 숨이 막혔다가, 다시 울음을
터뜨리며 애처롭게 쥐어짜듯 울기 시작했다. 그 소
리가 얇은 벽에 부딪혀 울려퍼졌다. 그는 아이를
달래려고 했지만, 아이는 경련하듯이 더 흐느꼈다.
그는 찡그려져 떨리는 아이의 얼굴을 보고 덜컥 겁

이 나기 시작했다. 아이가 쉬지 않고 일곱차례나 울부짖었고 그는 공포에 휩싸여 아이를 가슴에 꼭 안았다. 죽으면 어떻게 해⋯⋯!

문이 벌컥 열리고 한 젊은 여자가 숨을 몰아쉬며 뛰어 들어왔다.

"왜 그래? 무슨 일이에요?"

아이는 엄마 목소리를 듣더니 흐느끼며 아예 발작을 했다.

"아무 일도 아냐, 애니, 아무 일도⋯⋯ 애가 울길래⋯⋯"

그녀는 꾸러미를 바닥에 내던지고 아기를 그에게서 낚아채갔다.

"애한테 어떻게 한 거예요?" 그녀가 그의 얼굴을 쏘아보면서 소리쳤다.

꼬마 챈들러는 잠시 그녀의 응시를 견뎠고, 그 두 눈 속의 증오와 마주치면서 자신의 심장이 졸아드는 듯 느꼈다. 그는 더듬거리기 시작했다.

"아무 일도 아니야⋯⋯ 애가⋯⋯ 애가 울기 시작해서⋯⋯ 뭘 어떻게 할 수가⋯⋯ 아무 짓도 안했어…… 응?"

그녀는 그를 거들떠보지도 않고 아이를 두 팔로 꼭 껴안고 속삭이며 방 안을 오르내리기 시작했다.

"내 아가! 아가야! 놀랐쪄, 응……? 옳지 그래, 착하지! 옳지……! 아루루루! 세상에서 젤 착한 우리 아기……! 그래 그래!"

꼬마 챈들러는 수치심으로 볼이 화끈거려 등잔불이 비치지 않는 곳으로 물러섰다. 아이의 발작적인 흐느낌이 점점 잦아드는 것이 귀에 들려왔다. 가책의 눈물이 그의 두 눈에 괴었다.

진흙 Clay

여감독은 여자들에게 티타임이 끝나면 외출해도 좋다고 허락해줬고 그래서 마리아는 저녁 외출을 고대하고 있었다. 부엌은 반들반들 윤이 나고 말끔했다. 요리사 말이 커다란 구리솥이 거울 같다고 했다. 불은 환하게 잘 타고 있었고 보조 탁자 위에는 아주 커다란 건포도빵이 네덩어리 있었다. 이 건포도빵들은 썰지 않은 것처럼 보였지만 자세히 보면 길고 두껍고 고르게 잘려서 다과 시간에 나눠주기 좋게 되어 있다는 것을 알 수 있었다. 마리아가 직접 자른 거였다.

마리아는 아주, 아주 몸집이 작았지만, 코가 아주 길고 턱도 아주 길었다. 그녀는 항상 부드럽게 약간 콧소리를 내며 네, 그럼요, 아니, 아니죠라고 말했다. 여자들이 빨래를 하다가 다툴 때면 언제나 그녀를 찾았고 그녀는 언제나 화해를 시키는 데 성공했다. 언제인가 여감독이 그녀에게 이렇게 말하기도 했다.

"마리아, 당신은 진짜 화해시키는 데 선수야!"

부감독과 위원회 여성 두명도 그 칭찬하는 말을 들었다. 그리고 진저 무니는 늘 마리아만 아니면 다림질을 맡은 벙어리에게 자기가 뭘 짓인들 못했을까보냐고 입만 열면 말했다. 누구나 다 그렇게 마리아를 좋아했다.

여자들은 6시에 차를 마실 것이고 그녀는 7시 전에는 출발할 수 있었다. 볼스브리지에서 필라까지 이십분, 필라에서 드럼콘드라까지 이십분, 물건 사는 데 이십분. 그녀는 8시 전까지는 그곳에 도착할 예정이었다. 그녀는 은고리가 달린 지갑을 꺼내서 **벨파스트 여행 기념**이라고 새겨진 문구를 다시 읽어보았다. 그녀가 그 지갑을 아주 좋아하는 건 조와 앨피가 5년 전 성령강림절 월요일에 벨파스트로 여행 갔다 오면서 사다준 것이기 때문이었다.

지갑 속에는 반 크라운짜리 백동전 두개와 동전 몇 개가 들어 있었다. 전차 요금을 치르고 나면 딱 5실 링이 남을 것이다. 아이들이 모두 노래를 부르고, 얼마나 멋진 저녁이 될 것인가! 그녀는 다만 조가 술에 취해 들어오지 않았으면 하고 바랐다. 술이 한 방울이라도 들어가면 그렇게 달라질 수가 없었다.

그는 자주 그녀에게 자기네 식구들과 함께 살자고 했다. 하지만 그녀는 남에게 귀찮은 존재가 되는 게 싫었고(물론 조의 아내는 그녀에게 무척 잘해줬지만) 또 이미 세탁소 생활에 익숙해져 있었다. 조는 착한 사람이었다. 그녀가 그를 키웠고 또한 앨피도 키웠다. 그래서 조는 종종 이렇게 말했다.

"엄마는 엄마지, 하지만 마리아야말로 진짜 우리 어머니야."

가족이 깨어지고 나서 애들은 그녀에게 **등불 아래 더블린** 세탁소의 현재 일자리를 구해주었고, 그녀는 일이 마음에 들었다. 그녀는 개신교도들을 나쁘게 봤었지만 이제는 그들이 아주 좋은 사람들이라는 생각이 들었다. 좀 말이 없고 심각하지만, 그래도 같이 지내기엔 아주 좋은 사람들이었다. 그녀는 온실에 화초를 길렀고 화초 돌보는 일을 좋아했다. 그녀가 기르는 것은 어여쁜 고사리와 호야 같은 것들이었고, 그녀는 누가 찾아올 때마다 온실에서 화초 한두가지를 내어주곤 했다. 그녀 마음에 안 드는 것이 한가지 있었는데, 그것은 통로에 갖다놓은 종교 소책자들이었다. 그러나 여감독은 대하기에 아주 괜찮은 사람이었고, 무척 점잖았다.

요리사가 그녀에게 준비가 다 되었다고 말하자 그녀는 여자들 방으로 들어가서 커다란 종을 잡아당기기 시작했다. 잠시 후 여자들이 김이 무럭무럭 나는 손을 속치마에 닦고 블라우스 소매를 김이 나는 벌건 팔뚝 위로 끌어내리면서 두세명씩 들어오기 시작했다. 여자들은 각자의 커다란 머그잔 앞에 자리를 잡았고, 커다란 양철통에 우유와 설탕을 미리 타놓은 뜨거운 차를 요리사와 벙어리가 잔에다가 가득 따라주었다. 마리아는 건포도빵 나누는 일을 맡아서 각자 네조각씩 골고루 나누어 받도록 했

다. 음식을 먹는 동안 웃음과 우스갯소리가 왁자지
껄했다. 리지 플레밍은 마리아가 분명 반지를 집
을 거라고 말했다.[1] 플레밍이 만성절 전야에 그 말
을 한 것이 한두번이 아니었건만, 마리아는 할 수
없이 웃어주면서 자기는 반지도 남자도 필요 없다
고 말했다. 그녀가 웃을 때면 회녹색 눈은 아쉬운
수줍음으로 반짝였고 코끝은 거의 턱 끝에 가 닿았
다. 다른 여자들이 머그잔을 탁자 위에 두고 수다
를 떨고 있는데 진저 무니가 자기 찻잔을 들어올
리며 마리아의 건강을 위해서 건배하자면서, 흑맥
주가 아니라서 유감이라고 말했다. 그러자 마리아
는 다시 코끝이 턱 끝에 거의 맞닿을 지경으로, 또
그녀의 가냘픈 몸이 거의 부서질 지경으로 웃었다.
무니가 좀 상스러운 여자인 것은 사실이지만 좋은
뜻으로 그랬다는 것은 알고 있었기 때문이었다.

그렇지만 여자들이 식사를 끝내고 요리사와 벙
어리가 찻잔 따위를 치울 때 마리아는 정말 얼마나

---

[1] 만성절 전야의 게임에서 반지를 집으면 그다음 해에 결혼한다는
    속설이 있다.

기뻤던가! 그녀는 자기의 작은 침실로 가서 다음 날 아침 미사를 드려야 한다는 것을 기억하고 자명종 시침을 7시에서 6시로 바꿨다. 그런 다음 작업복 치마와 실내용 장화를 벗고 자신의 가장 좋은 스커트를 침대 위에 펼쳐놓고 자그마한 정장 부츠를 침대 발치에 놓았다. 블라우스도 갈아입었다. 그러곤 거울 앞에 서서 어린 시절에 주일미사에 가려고 어떻게 옷을 차려입곤 했던가 생각했다. 그리고 그렇게 자주 치장을 하던 자신의 자그마한 몸을 묘한 애정을 가지고 바라보았다. 나이를 먹었지만 근사하고 단정하고 아담한 몸매였다.

밖으로 나가니 거리는 빗물로 반짝였고, 그래서 그녀는 낡은 갈색 우비를 갖고 나오길 잘했다고 생각했다. 전차는 만원이어서 그녀는 차량 맨 뒤에 승객들 모두와 마주 보면서 발이 바닥에 닿을락 말락 하는 상태로 조그만 스툴에 앉아야 했다. 그녀는 이제부터 해야 할 일을 마음속에 정리해보고는, 독립해 살면서 수중에 자기 돈을 갖고 있는 것이 얼마나 더 좋은가 생각했다. 근사한 저녁이 되길 바랐다. 그럴 거라고 확신했지만 그녀는 앨피와 조가 서로 말을 않고 지내는 게 얼마나 안타까운 일인가 생각하지 않을 수 없었다. 그들은 이제 늘 사이가 틀어진 채였지만, 그들이 어렸을 때는 그런 친구가 세상에 없었다. 사는 게 다 그렇지 뭐.

그녀는 필라에서 전차를 내려 빠른 걸음으로 군중 사이를 비집고 갔다. 다운스 제과점으로 들어 갔지만 사람이 너무 많아서 한참 지나서야 겨우 그녀 차례가 되었다. 그녀는 싼 과자를 이것저것 섞 어서 한다스 사서는 마침내 커다란 봉지를 하나 부 여잡고 가게에서 나왔다. 그런 다음 뭘 더 살까 하 고 생각했다. 그녀는 정말 뭔가 근사한 것을 사고 싶었다. 틀림없이 과일이랑 견과는 잔뜩 있을 것이 다. 뭘 사야 할지 생각해내기가 쉽지 않았고, 생각 나는 게 케이크뿐이었다. 그녀는 플럼 케이크를 좀 사기로 했지만 다운스의 플럼 케이크는 위에 덮인 아몬드 당의가 좀 빈약했으므로 헨리가에 있는 가 게로 갔다. 여기서 그녀는 적당한 것을 찾는 데 시 간이 오래 걸렸고, 카운터 뒤의 맵시 있게 차려입은 아가씨는 분명 그녀 때문에 약간 짜증이 나서, 결혼 케이크를 사시려는 거냐고 그녀에게 물었다. 그 말에 마리아는 얼굴을 붉히며 점원 아가씨에게 미소를 지었다. 하지만 그 아가씨는 이 모든 것을 매우 진지하게 받아들였고, 마침내 플럼 케이크를 두껍게 한조각 썰어 포장하면서 말했다.

"2실링 4펜스입니다, 손님."

드럼콘드라행 전차에서 청년들이 아무도 자기를 거들떠보지 않았으므로 그녀는 서서 가야겠다고 생각했지만, 어떤 중년 신사가 그녀에게 자리를 내주었다. 그는 통통한 신사였고 딱딱한 갈색 모자를 쓰고 있었으며 넓적하고 붉은 얼굴에 콧수염이 희끗희끗했다. 마리아는 그가 대령 같은 신사라고 생각했고, 그냥 자기 앞만 똑바로 쳐다보고 있는 청년들보다야 훨씬 예의바른 사람이라고 생각했다. 그 신사는 그녀를 상대로 만성절 전야와 비오는 날씨에 대해 이야기하기 시작했다. 그는 가방에 꼬마들 줄 좋은 것들이 가득 든 모양이라고 하면서 애들이 어릴 때 뛰어노는 게 당연하지 않느냐고 말했다. 마리아는 동의를 표하면서 얌전한 고갯짓과 헛기침으로 응대했다. 그는 그녀에게 매우 잘해주었고, 그래서 그녀는 커낼 브리지에서 내리면서 그에게 고맙다고 말하며 인사했으며, 그도 그녀에게 인사를 하곤 모자를 들어 다정하게 미소를 지어 보였다. 마리아는 비 때문에 머리를 숙인 채로 비슷한 집들이 다닥다닥 붙은 길을 걸어 올라가면서, 술을 좀 마셨어도 신사는 금방 알아볼 수 있는 법이라고 생각했다.

그녀가 조의 집에 도착하자 모두 아, 마리아가 왔네! 하고 말했다. 조는 곧장 퇴근하여 집에 와 있었고 아이들은 모두 외출복 차림을 하고 있었다. 옆집에 사는 큰 여자애들 둘이 놀러왔고 게임이 진행되는 중이었다. 마리아는 과자봉지를 큰아이 앨피에게 주고 나눠먹으라고 했고, 도널리 부인은 이렇게 과자를 많이 사오시다니 너무 고맙다면서 아이들 모두에게 인사를 시켰다.

"고맙습니다, 마리아."

하지만 마리아는 애들 아빠와 엄마를 위해 특

별한 것, 그들이 분명 좋아할 것을 가져왔다고 말하고는 플럼 케이크를 찾기 시작했다. 그녀는 다운스 제과점 봉지를 찾아보고 우비 주머니, 현관 모자걸이까지 찾아보았지만, 어디에도 케이크는 없었다. 그러자 그녀는 아이들에게 혹시 ─ 물론, 실수로 그랬겠지만 ─ 누가 먹어버린 게 아니냐고 물었다. 그러나 아이들은 모두 아니라고 하면서 이렇게 도둑으로 몰린다면 과자도 안 먹겠다는 표정들이었다. 그 수수께끼에 대해서 모두 한가지씩 의견을 냈고, 도널리 부인은 마리아가 케이크를 전차에 놓고 내린 것이 분명하다고 말했다. 마리아는 그 희끗한 콧수염 신사가 자기를 얼마나 당황하게 만들었던가를 기억하고는, 창피스럽고 속상하고 낙심하여 얼굴이 빨개졌다. 깜짝 놀랄 만한 선물을 해주려던 것이 수포로 돌아갔다는 생각, 그리고 괜히 2실링 4펜스를 날려버렸다는 생각에 그녀는 거의 울음을 터뜨릴 지경이었다.

하지만 조는 괜찮다면서 그녀를 난롯가에 앉혔다. 그는 그녀에게 매우 잘해주었다. 사무실에서 벌어진 온갖 일을 들려주면서, 자기가 부장한테 따끔하게 말대꾸한 얘기를 반복했다. 마리아는 조가 자신이 한 말대답을 두고 왜 그리 웃어대는지 이해되지 않았지만, 부장이 매우 위압적인 사람인 것 같다고 말했다. 조는 잘 다루기만 하면 그렇게 나쁜 사람은 아니고, 비위만 긁지 않으면 점잖은 사람이라고 말했다. 도널리 부인은 아이들을 위해 피아노를 쳤고 아이들은 춤추고 노래했다. 그러자 옆집에서 온 두 여자애가 견과류를 돌렸다. 아무리 찾아도 호두까기가 안 보이자 조는 화를 내다시피 하면서 호두까기가 없으면 마리아가 어떻게 그 딱딱한 것을 까먹겠느냐고 다그쳤다. 그러나 마리아는 자기는 견과류를 별로 좋아하지 않으니 신경 쓸 것 없다고 말했다. 그러자 조는 그녀에게 흑맥주 한병 하겠느냐고 물었고, 도널리 부인은 원하시면 집에 포트와인도 한병 있다고 말했다. 마리아는 뭘 자꾸 먹으라고 그러냐고 했지만 조는 막무가내였다.

그래서 마리아는 그가 하자는 대로 내버려두었

고 그들은 난롯가에 앉아 옛날얘기를 했으며 마리
아는 앨피에 대해 뭔가 좋은 얘기를 해줘야겠다고
생각했다. 하지만 조는 자기가 동생에게 다시 한마
디라도 말을 걸면 날벼락을 맞아도 좋다고 악을 써
댔고, 마리아는 그 얘기를 꺼내서 미안하다고 말했
다. 도널리 부인은 자기 혈육을 그런 식으로 말하
다니 그런 부끄러운 일이 어디 있느냐고 남편을 타
일렀지만 조는 앨피가 자기 동생도 아니라고 했고
그래서 한바탕 난리가 날 뻔했다. 그러나 조는 날
이 날이니만큼 화를 내지는 않겠다고 하면서 아내
에게 흑맥주를 좀더 따르라고 했다. 옆집 여자애
둘이 이미 몇몇 만성절 게임을 준비했고 그래서 이
내 모두가 다시 즐거워졌다. 마리아는 아이들이 그
렇게 즐거워하고 조와 그의 아내가 이렇게 기분 좋
아하는 것이 기뻤다. 옆집 여자애들은 받침 접시
몇개를 탁자 위에 놓고 아이들에게 눈가리개를 씌
워 탁자로 데려갔다. 한 아이는 기도서를 집었고
다른 세명은 물을 집었다. 옆집 여자애 중 한명이
반지를 집었을 때 도널리 부인은 얼굴이 빨개진 그

애에게 오, 난 다 알지!라고 하듯이 손가락을 흔들었다. 그리고 그들은 막무가내로 마리아에게 눈가리개를 씌워 탁자로 데려가 그녀가 무엇을 집는지 보자고 했다. 그들이 가리개를 씌우는 동안 마리아는 자신의 코끝이 턱 끝에 거의 닿을 지경으로 웃고 또 웃었다.

그들은 웃고 농담을 하면서 그녀를 탁자로 데려갔고 그녀는 하라는 대로 손을 허공에 내밀었다. 그녀는 손을 허공에서 이리저리 움직이다가 아래로 내려 받침 접시 한개를 잡았다. 손가락에 말랑말랑하고 축축한 물질[2]이 느껴졌고, 그녀는 아무도 말을 하거나 가리개를 풀어주지 않아서 놀랐다. 몇 초 동안 침묵이 흘렀다. 그러고 나서 허둥대며 숙덕거리는 소리가 소란스러웠다. 누군가가 정원이 어쩌고 하는 이야기를 했고, 마침내 도널리 부인이 옆집 여자애에게 마구 화를 내면서 당장 그것을 갖다 버리라고 했다. 이번 판은 무효였다. 마리아는

2 흙. 죽음을 의미한다.

이번 게임이 뭔가 잘못되었다는 것을 알았고 그래
서 한번 더 그것을 반복해야만 했다. 그리고 이번
에는 기도서를 집었다.

그러고 나서 도널리 부인은 아이들을 위해 「매
클라우드 양의 무도곡」을 연주했고 조는 마리아에
게 포도주를 한잔 권했다. 이내 그들은 다시 즐거
워졌고 도널리 부인은 마리아에게 기도서를 집었
으니 올해 안으로 수녀원에 들어가겠다고 말했다.
마리아는 조가 그날밤처럼 기분 좋은 얘기와 추억
에 가득 차서 자기에게 잘해주는 것을 평생 본 적
이 없었다. 마리아는 그들이 모두 자신에게 너무
잘해주었다고 말했다.

마침내 아이들이 피곤해하고 졸려했으므로 조
는 마리아에게 가기 전에 노래를 하나, 옛날 노래
로 해달라고 부탁했다. 도널리 부인이 제발 해주세
요, 마리애라고 부탁했고 그래서 마리아는 일어나
피아노 옆에 서야 했다. 도널리 부인은 아이들에
게 조용히 하고 마리아의 노래를 들으라고 말했다.
그러곤 전주를 연주하며 자, 마리애!라고 말했고 마

리아는 얼굴이 새빨개져서 작고 떨리는 목소리로
노래를 부르기 시작했다. 그녀는 「나 사는 곳 꿈꿨
네」[3]를 불렀다. 그리고 2절도 같은 가사로 다시 불
렀다.

> 나는 꿈꿨네 대리석 궁전에서 사는 꿈
>
> 하인과 시종을 거느리고
>
> 그 안에 모인 모든 이들 가운데
>
> 내가 자랑이고 희망인 꿈.
>
> 셀 수 없이 많은 재산을 지니고
>
> 고귀한 조상의 이름을 자랑하는 꿈
>
> 하지만 나 또한 꿈꾸었네, 가장 기쁜 꿈,
>
> 그대가 변함없이 나를 사랑하는 꿈.

　그러나 아무도 그녀의 실수를 지적하려 하지
않았다. 그녀가 노래를 끝냈을 때 조는 아주 깊이
감동받은 상태였다. 그는 옛날 같은 시절은 다시

3　발프의 오페라 「보헤미아 소녀」에 나오는 아리아.

없다고, 다른 사람이 뭐라 해도 자기한테는 가엾은
발프 영감 노래가 최고라고 말했다. 그의 눈에 눈
물이 어찌나 가득 괴었는지 자기가 찾고 있는 것이
눈에 안 보일 정도였고 그래서 결국에는 아내에게
병따개가 어디 있는지 물어봐야 했다.